花的故事

[日] 立原绘里香 著　本尚子 插图　唐承红 译

冬 *Hua de Gushi*

广西科学技术出版社

图书在版编目（CIP）数据

花的故事．冬 /（日）立原绘里香著；唐承红译．—南宁：广西科学技术出版社，2012.5（2020.6 重印）

ISBN 978-7-80619-880-3

Ⅰ．①花… Ⅱ．①立… ②唐… Ⅲ．①儿童文学—神话—作品集—世界 Ⅳ．①I18

中国版本图书馆 CIP 数据核字（2012）第 117507 号

花的故事 冬

HUA DE GUSHI DONG

（日）立原绘里香 著 本尚子 插图 唐承红 译

责任编辑 罗煜涛　　**封面设计** 潘爱清

责任校对 杨红斌　　**责任印制** 韦文印

出 版 人 卢培钊

出版发行 广西科学技术出版社

（南宁市东葛路 66 号 邮政编码 530022）

印　　刷 永清县晔盛亚胶印有限公司

（永清县工业区大良村西部 邮政编码 065600）

开　　本 700mm × 950mm 1/16

印　　张 8

字　　数 73 千字

版次印次 2020 年 6 月第 1 版第 4 次

书　　号 ISBN 978-7-80619-880-3

定　　价 18.00 元

『小矮人，您喜欢的树是哪棵？』姑娘们唱歌的时候，小矮人藏到树枝里。

枞树

阿福沙和格鲁娜列因预
言家穆罕默德及一串项链结
为了夫妻。

番红花

「你终于发现了我。」公主
一摘下花，从地下突然冒出一个
小个子爷爷。

百合花

水仙花
那喀索斯目不转睛地看着水中美得惊人的年轻人。

出版者的话

山野里百花争妍，绚丽多姿，那招人喜爱的姿影无不打动人心。古往今来，各国都广泛流传着许多有关花的神话和传说。

你喜爱的花藏着什么样的秘密？平时不经意看到的花有哪些动听的传说？请打开《花的故事》丛书，与花的精灵一同进入花的世界吧！

这套书共有《春》《夏》《秋》《冬》和《花语》五本，是由日语翻译过来的优秀少年读物。丛书的故事按春、夏、秋、冬四季，精选世界各国有关花的神话和传说，并配有许多浪漫、精美的卡通插图，爱花的你将从每个美妙动听的故事和花的温馨蕴意中聆听到花那低低的内心私语。

广西科学技术出版社

目　录

※水仙花

只爱自己（希腊）

厄科是一个活泼、美丽的宁芙（希腊神，变幻为美女的山林、水泽、树木、洞穴的精灵）。她活跃在原野、山林中，柔软的身体使她的行动比任何人都敏捷。

女神阿耳忒弥斯几乎每天都打猎，她喜欢厄科。机智的厄科捕捉猎物时非常灵巧。她设置圈套，模仿鸟兽的叫声，把猎物引诱出来。

但是，厄科有一个缺点——喜欢说话。一打开话匣子，嘴巴就不知疲倦地说个没完。忍不住把自己的所思所知、所见所闻一股脑儿全说出来。

“阿耳忒弥斯女神在森林的西口布下了三个圈套。”

“明天我要装扮成兔子去诱惑大野猪。”

本该保密的狩猎活动全被她说了出来。

“不该讲的不要讲。”

阿耳忒弥斯起初还善意地提醒厄科，但在厄科反复多次泄露狩猎的秘密后，阿耳忒弥斯终于生气了。

“请让厄科停止说话吧。”

阿耳忒弥斯请求赫拉。

“我对厄科的饶舌早已忍无可忍了。谁和谁相爱啦，谁跟谁吵架啦，就连恋人之间不该说的秘密也拿来喋喋不休地讲。”

赫拉说：“把厄科变成一个只能回答问题的宁芙吧。别人和她说话时，她只能重复别人最后的一句话来作为回答，自己决不能主动说话。”

赫拉说的话马上生效。厄科变成了一个只能够重

复对方最后一句话的宁芙。

“阿耳忒弥斯女神的圈套设在哪儿呀？厄科。”猎人问道。

厄科答：

“设在哪儿呀？厄科。”

“一起跳舞吧，厄科。月亮真圆！”

“月亮真圆！”

虽然无法自由说话，厄科依旧机灵、漂亮。

一天，正在林中奔跑的厄科看见了那喀索斯（希腊神，美少年，因爱恋自己水中的倒影，溺死后化为水仙花）。

“多俊的人啊！”

只看了一眼，厄科的内心就燃起了比火焰还炽热的情感。拥有一头金发和深蓝色眸子的那喀索斯，是一位光芒四射的美少年。

“我可以伴随在你左右吗？”

厄科想向他倾诉，却无能为力，只好躲在树木背后跟随那喀索斯。

“谁？”

听到微弱的脚步声，发现树枝摇晃，那喀索斯停下脚步，低声问。

“谁？”

厄科答。

“到底是谁?”

“是谁?”

“出来!”

“出来!”

“别老学我说话，出来吧……”

“出来吧……”

厄科心里明明很想好好对话，却只能重复那喀索斯的话。

“不要嘲弄我!”

那喀索斯生气地叫起来，厄科也跟着喊：

“不要嘲弄我！”

“放肆！”

“放肆！”

重复着那喀索斯的话的厄科悲痛欲绝。

她想说“我爱你”，却说不出来。“够了！”

扔下这句话，那喀索斯跑开了，背后传来厄科重复的声音。

厄科紧追着那喀索斯。

那喀索斯在野地休息，她便找个挨他很近的地方坐下；那喀索斯在树荫下睡觉，她就藏在树丛中守护心爱的人。但是那喀索斯讨厌她。

花的故事·冬

“你叫什么名字？”那喀索斯问。厄科答：“什么名字？”问她：“你觉得我怎么样？”就答：“怎么样？”厄科也很讨厌自己。

“别靠近我！”

那喀索斯终于忍不住了。

“别靠近我！”

“一边去！”

“去……”

厄科哭着复述心爱的人说的话。“别再跟着我！”说完，那喀索斯头也不回，消失得无影无踪。

厄科哭着到处寻找那喀索斯。

“哭什么？厄科，你在找谁？厄科。”

宁芙们问。厄科无法表述心事，只是重复“哭什么？厄科，找谁？厄科。”

几天、几个月，厄科不停地四处寻找，她瘦了，曾经活蹦乱跳、美丽大方的她不断变细、变小，最后，终于看不见她了。

尽管这样，厄科依然活着。她追寻心爱的那喀索斯，走遍原野、山林，守护坐在树荫下、睡在花丛中的年轻人。

阿耳忒弥斯和宁芙们时常低声问：

“你在哪儿？厄科。”

“在哪儿？厄科。”

“厄科变成了回音活着。”

阿耳忒弥斯话音刚落，厄科回答：

“变成了回音活着。”

她的同伴们怜悯因为深爱那喀索斯而变成回音的厄科，不禁和可怜的厄科一起叹起气来。

“请惩罚那喀索斯。”

终于，几个宁芙去向赫拉请求。

“爱慕那喀索斯的，不光是厄科，还有几个宁芙也爱恋这个英俊的年轻人。她们娇滴滴地向他诉说爱慕之情，给他献上花环，送去美丽的宝石。但是那喀索斯不作任何承诺。他不爱这些因为他收下礼物而露出笑脸、轻言细语地向他表白爱意的姑娘。

“请让那喀索斯爱上一个人。让他也尝尝深爱一个人而得不到回应的痛苦滋味。”

“好！”

赫拉说。

那喀索斯不知道宁芙们的想法。他在泉边走着，口渴了，看见冰凉的泉水清澈见底，就蹲下来想喝泉水。突然，他看见水中映出一位美貌非凡的年轻人。

“你真美啊！”

那喀索斯微笑着对他说。

年轻人也绽开鲜红的嘴唇微笑。那喀索斯伸出手，年轻人也伸出手。那喀索斯刚要拉住他柔软、美丽的手，年轻人却消失了。

“请让我再看看你。”

那喀索斯留在泉边轻声地说。年轻人又出现了。那喀索斯深情地凝视着年轻人。

“从没见过像你这么英俊的年轻人。”

那喀索斯目不转睛地看着年轻人，对着他微笑，轻言细语。他深深迷恋上倒映在水中的自己，无法离开这个世上罕见的美丽身姿。他忘记了吃饭。

四目相对，笑脸相迎，却触摸不到。深爱一个人却得不到回应的痛苦，穿透了那喀索斯的心。

他思恋着这个深深爱慕却得不到回应的恋人。那喀索斯痛苦地扭曲着身体死去了。

心地善良的宁芙们准备将那喀索斯埋进土里，给他穿上前往天国的白色衣服。

美少年的躯体突然消失不见了。泉边静静地开着一朵花。宁芙们把这种凝望着自己的水中倒影的花取名为那喀索斯。

这种长着白色花瓣、黄色花蕊的花，日语叫“水仙”；英语中人们以年轻人的名字来命名，叫“那喀索斯”。

请把我的颜色……（德国）

这个故事发生在很久很久以前，神创造动物和植物的时候。

栖息在陆地上的兽类被创造成不同的大小和不同的形状，很容易区别。象有庞大的身躯和长长的鼻子；袋鼠有大力的尾巴和有趣的腹袋；老虎有独特的斑纹；长颈鹿有长长的脖子；松鼠有毛茸茸的小尾巴；臭鼬鼠放的屁恶臭；刺猬浑身长满刺；野猪有着锋利的牙齿。就这样，每一种动物都具有让人一眼就能分辨出来的特征。生活在水中的鱼类和长在地面上的树木，也能通过其大小和形状加以区别。

但是，每一种花看起来却都是一模一样的。走近看，可以发现每一种花的大小、花瓣的数量和形状各不相同，颜色却都是深绿色的。稍微离远一点，就无法分辨出哪是玫瑰、康乃馨，哪是百合、山茶花。

“请帮我们染上颜色吧！”

众花向神请求。

“这是个好主意。如果开出不同颜色的花，那么这个世界一定会变得更加缤纷、多彩。”

神点头同意，并取出一个很大的颜料盒。沉沉的颜料盒里，摆放着数不清的颜料。

“我要红色……”

玫瑰说。

“我要黄色……”

“我要像大海那样的蓝色……”

“我要像晚霞的云彩那样明快的橙色。”

“我要和神的衣服一样的紫色。”

“我要如同天使的嘴唇般的粉红色。”

众花七嘴八舌地争着要各自喜爱的颜色。郁金香得到鲜艳的黄色，灿烂地盛开。康乃馨被染成粉红色，幸福地摇晃着脑袋。向日葵威风凛凛地展开橙色的花瓣。

神笑呵呵地给所有的花染上了颜色。巨大而沉重的颜料盒渐渐减轻，最后变得空荡荡的——最后一种颜料也被用光了。

花的故事·冬

这时，神的耳旁响起一个细弱的声音。

“请给我也染上颜色。”

声音的主人是堆积在大地一个角落里的雪。那时的雪是晶莹透明的，不带任何颜色。

“糟糕！”

看着空荡荡的颜料盒，神发愁了。

“我用光了所有的颜料，幸好花儿们有充足的颜色。”

神对花儿们说：

“谁分一点颜色给雪呀？用一片花瓣轻轻碰一碰，雪就可以染上颜色。一片片的雪花和花瓣很相似，大家都是好朋友。”

神转过身对雪说：

“你到自己喜欢的颜色的花跟前，请求她分一点颜色给你吧。”

于是，雪请求像天空般蔚蓝的鸭跖草：

“请分一点颜色给我吧。”

“最好不要和我同种颜色。”

鸭跖草板起面孔说。

“和天空同一种颜色，下雪的时候不是什么也看不清了吗?”

“雪是在天空变成暗灰色时下的。下蓝色的雪，世界看起来会非常美丽，不是吗?”

雪心里想着但没有说出这些话。她知道鸭跖草不喜欢自己，不希望和她同一种颜色。

“请把你的红色……”

雪走近玫瑰，开口说道。

玫瑰不愿见到雪，她把脸转向一边，一个劲地发抖，小声地说：

“不要过来，你一靠近，我就打寒战。美丽的花瓣会收缩成一团，样子不好看。求你到别处去吧。”

雪伤心地垂下头，远远地离开玫瑰，走向向日葵。

“请把你的颜色分给我吧!”

“岂有此理!”向日葵大声叫嚷。

“我是太阳的亲戚，不会和你这个太阳的敌人成为

好朋友的。”

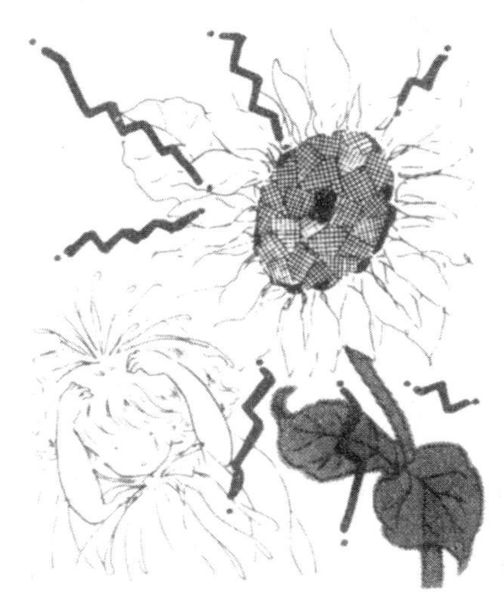

雪垂头丧气，心想：“下雪的日子寒冷、昏暗、荒凉，地上也尽是黑乎乎的泥土。如果这种时候，从天上飘下红色或橙色的雪，那该多么令人兴奋啊！但是玫瑰和向日葵却不肯分一点颜色给我。”

“风和雨没有得到颜色非常伤心。风就气呼呼地怒吼；雨让河水泛滥，使人们遭受痛苦。我也要变成像风和雨那样吗？”

有个声音悄悄叫住喃喃自语的雪，噢，原来是雪花莲。

“雪呀，雪，如果你觉得我的颜色还行的话，我愿意分给你。不过我没有玫瑰和向日葵那么光彩照人，也不娇艳美丽。”

雪花莲羞答答地开在原野的一个角落。开着水珠般的小花，洁白无瑕。

“多美的颜色啊！真的可以分给我吗？”

雪欢天喜地地走近雪花莲。

洁白的雪花莲贴近雪，把颜色分给她。

从这时候起，雪变成了白色，成为雪花莲的亲戚。

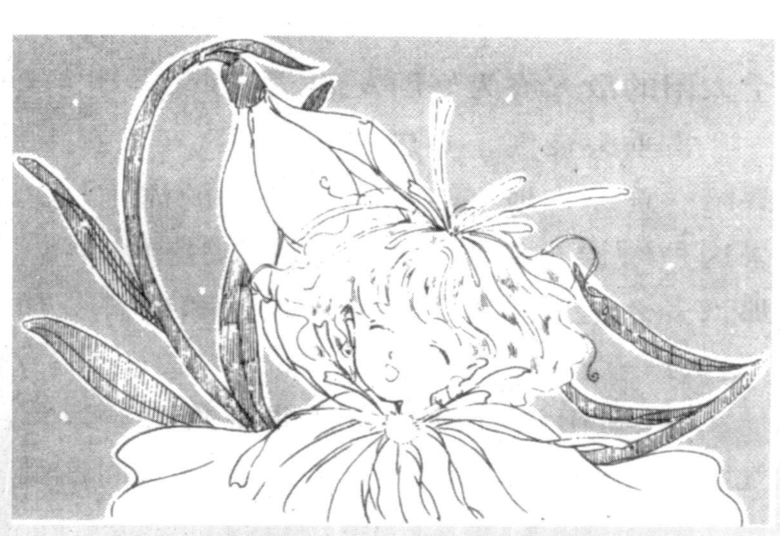

隆冬季节，当积雪铺满大地的时候，几乎所有的花都凋零了，唯独雪花莲亲热地拥抱着雪，开得美丽动人。

鼹鼠和久野勉小姐（阿伊努族）

很久很久以前，这个世界上只有神。

天国有一位叫久野勉的年轻貌美的女神。众女神个个美丽动人，但久野勉小姐尤为出类拔萃。

当长裙飘飘的久野勉款款而行时，太阳兴奋得越发光亮，风儿忘了赶路。当她轻抚满头柔亮乌黑的发丝时，大雨骤下，月亮也俯下身子窥视她的容貌。

“把久野勉许给谁做新娘好呢？”

当久野勉到了适婚年龄，她的父亲整天都在考虑这个问题。

天国有许多年轻男神，父亲将他们一一排列作比较后，他犯愁了。

“花神善良但不可靠；河神相貌堂堂却爱发怒；猴

神机灵但德行不好；鸟神可爱却多嘴；鱼神踏实但贫穷；山神是个大富翁但着实又是个胆小鬼……唉，怎么办呢？”

久野勉的父亲伤透了脑筋。经过再三考虑，他选中了鼹鼠神。

“鼹鼠比任何人都勇敢，可以舍身为正义而战。而且他敏捷，聪明，善良可靠，拥有辽阔的土地，比山神还富有。”

勇敢、聪明、善良、富有的鼹鼠只有一个缺点：在所有年轻的男神当中，他长得最不好看。

认为只要人品端正，心地善良，容貌不是婚姻障碍的父亲，决定选鼹鼠为久野勉的夫婿。在远古的天国，决定姑娘婆家的是她的父亲。

“我想请你娶久野勉为妻。”

父亲征求鼹鼠的意见。

“这是我天大的福分。”

鼹鼠彬彬有礼地说，心中像火一样炽热。想到能与天国最美丽的久野勉结婚，他高兴得不得了。

“我要用自己的生命去爱护久野勉小姐。”

鼹鼠真诚地说，并递上作为誓约的宝刀。久野勉的父亲也拔出宝刀。两人作了交换，久野勉的父亲发誓让久野勉和鼹鼠结为秦晋之好。

“我把你许给了鼹鼠。”

听了父亲的话，久野勉脸色大变。

“您说什么？为什么偏偏要我和那个天国最丑陋的鼹鼠结婚？”

久野勉最讨厌的就是丑陋的东西。她无法喜欢手脚瘦长的云神、浑身长满疙瘩的癞蛤蟆、弯弯曲曲的蚯蚓。

“鼹鼠更过分。眼睛细成一条缝，鼻子太长，个子矮小，罗圈腿。我讨厌他，绝对不和他结婚。”

父亲开导气得大喊大叫的久野勉。

“你光看到他的外表，不是吗？你想一想他的人

花的故事·冬

品。他善良，聪明，而且非常勇敢；没有任何不好的地方，还拥有辽阔的土地。”

“我说过讨厌就是讨厌。”

说着，久野勉跑出父亲的宫殿。

不知道自己被久野勉厌恶的鼹鼠每天都送来礼物。

春意盎然的时节送来自己领土上最美的樱花，夏天送来用从最北边运来的冰块雕成的天鹅，秋天送来所有树木的果实……久野勉冲着这些充满爱意的礼物大发脾气。

初冬又送来精心纺织的编织物，上面织着久野勉的形象。

“你看看！”

父亲在女儿面前展开丝质的编织物。

用艳丽的丝线织成的久野勉的形象，栩栩如生。

盼望着与久野勉成婚的日子早日到来，鼹鼠把思念织进每针每线。一针一线都让他想起久野勉，他用了好几天工夫才织完这幅作品。

过后又送来金簪子。上面用小颗的红宝石嵌成久野勉的名字，美丽无比。

“你还不明白鼹鼠的心意吗？”

父亲责备女儿。

“我和鼹鼠按照天国的规矩交换了宝刀。根据规定，从交换之日算起，50天内必须举行婚礼。”

不遵守规矩的一方，对方有权处死他。

鼹鼠本可以怒杀久野勉的父亲，可他没有半句怨言，反而不断送来充满爱意的礼物，默默地等待。

“我要亲手把你送到鼹鼠那里去！”

“我不愿意！”

久野勉坚决地说。她扔掉金簪子，一把抓起丝质的编织物，撕个粉碎。

“太过分了，不许你再为所欲为！”

父亲大发雷霆，要把女儿抓起来，久野勉挣脱他的手逃走了。

这是一个又黑又冷的冬夜。北风呼啸，雪花飘飘。

“请救救我！”

久野勉向熊求救。

“我不会帮助不遵守规定的人。”

熊转过身去。

“请把我遮住。”

久野勉转身恳求枝繁叶茂的松树。

“对不起。我无法喜欢辜负鼹鼠一片深情的人。”

松树斩钉截铁地说。

“请把我带去远方，我想去到没有鼹鼠的地方。”

“鼹鼠的土地一直延伸到世界的尽头，所以无法去到没有鼹鼠的地方。我的心虽然冷，但是我知道鼹鼠比任何人都更想念你，直到现在还想用自己的生命保护你。这一点连我北风都明白，为什么应该拥有一颗远比我温柔、温暖的心的你却不明白鼹鼠的心意？”

北风冷冷地说。

“不喜欢的东西就是不喜欢嘛！”

这时，气得直跺脚的久野勉的耳边响起父亲的声音。

“你这个任性的家伙，我已经不认你这个女儿了，接受我的惩罚吧！”

不愿意接受鼹鼠的久野勉，失去了美丽、年轻的女神的身姿，变成了金色的小花。

这种生长在积雪中的花，被取名为侧金盏花。

从那时起，几百年、几千年过去了，今天侧金盏花仍然在雪中开放。在白雪皑皑的早上，有时可以看到在侧金盏花的旁边有一些足迹，这是鼹鼠留下的脚

花的故事·冬

印。即使久野勉变成了花，鼹鼠仍然思念着她。为了不让金色的花被雪埋没，鼹鼠整晚都守在侧金盏花的旁边，不停地扒雪。

银枝叶上开金花（日本）

从前，越后国有一个叫玉屋德兵卫的商人。除了赚钱别无任何乐趣的德兵卫做了几十年买卖后，成了大富翁。

“这些钱藏在哪儿好呢?”

望着堆积在眼前的几十万两金子和银子，德兵卫想。

“如果被老婆知道，她就要买和服、腰带什么的，钱会像流水似的被花掉。要是被三个儿子知道，准会央求我盖房子、买田地。”

德兵卫是个吝啬鬼。即使给妻子买上几十件和服，给三个儿子买房子、田地，金银还是花不完，但是他不想把钱分给家人。

“万一被外人知道，事情会闹得更大。找我借钱，要东西，邀我去游玩，个个都盯着我的钱……”

有了这个念头，他连朋友也不相信了。

“只好藏在不让任何人知道的地方。”

德兵卫决定把金银财宝埋到地底下。

屋子后面有一片竹林。一天深夜，在家里人全都熟睡后，德兵卫悄悄地钻进竹林里。看见德兵卫把装满金银的箱子放上手推车、钻进竹林里的只有弯弯的月亮。

“埋在哪儿呢?”

德兵卫拿不定主意。这片竹林不论从左边看还是从右边看都是一样的，林子里的竹子高矮、形状也一模一样。

“没有记号的话，就会搞不清埋在了什么地方。”

就在他到处找标志物的时候，一棵山茶树映入他的眼帘。这棵混杂在竹子中间的山茶树又瘦又矮，细细的枝条上开着红色的花。

“就埋在这里吧!”

决定选山茶树作标志后，德兵卫刷刷地挖起洞穴。他挖了一个又深又大的洞穴，把所有的金银都放进去，填好土，地面恢复了原样，看不出山茶树下埋有小山堆似的金银。

大功告成。可能是因为一颗久悬着的心放了下来的缘故，疲倦一下子冒了出来。德兵卫来到温泉，决定舒舒服服地泡泡澡，放松放松长期劳碌的身体。

浸泡在被誉为名泉的山中温泉，德兵卫每天过得无比惬意。从早到晚泡在温泉里，身体从里到外都舒畅极了，疲乏消失得无影无踪。

大约过了 10 天。在水中舒展身体的德兵卫突然听到有人在唱歌。

“奇怪呀奇怪，越后玉屋的德兵卫山茶树，银枝叶上开金花……”

德兵卫大吃一惊，急忙寻找声音的主人，但周围笼罩着迷迷蒙蒙的水汽，根本看不见人影。

花的故事·冬

“奇怪呀奇怪，越后玉屋的德兵卫山茶树，银枝叶上开金花……”

声音再一次响起过后，戛然消失了。

“有人知道藏宝的地方……”

德兵卫嗖地起身，哪还有心思泡温泉呀！他慌里慌张地穿好衣服，付过住宿费，雇了一顶轿子。

“快！快！再快一点！”

一个劲地催促轿夫飞也似的往回赶的德兵卫，回到家后一头冲进竹林。

晴朗的冬夜，天上高高挂着圆圆的月亮。拨开茂密的竹子，赶到有标志物的地方，德兵卫失声惊叫。

原本瘦矮的山茶树，现在已长成需要仰视的大树。四处散开的树枝上缀满浓密的叶子，开着数不清的花朵。

就像那首歌中唱的那样，山茶树的枝、叶是银色的，花是金色的。月光映照下的山茶树，光彩夺目。

“山茶树吸干了金子和银子……啊！怎么办？怎么办？”

德兵卫大声叫喊，摇撼着山茶树。金色的花和银色的叶沙沙作响，发出笑一般的声音。

“到底是怎么回事？”

妻子和儿子闻声赶到的时候，只见德兵卫倒在

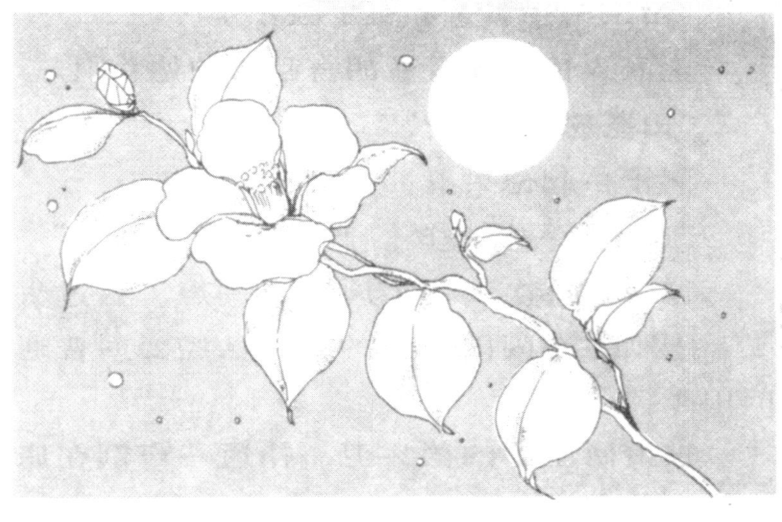

树下。

“山茶树把金子和银子吸干了……”

全家人惊讶地看着胡言乱语的德兵卫。

“山茶树怎么了？”

妻子扶起德兵卫，让他看山茶树。

“这不是一棵瘦矮、普通的山茶树吗？”

德兵卫再次“啊”地大叫一声，昏过去了。刚刚还在闪闪发光的树，已经变回普通的山茶树了。

被抬回屋子的德兵卫，扑通一声倒在床上，发着高烧，昏迷不醒。

几天后，烧退了，但德兵卫还是起不了床。

“啊！难道就这样死去吗？”

花的故事·冬

睡在床上的德兵卫想。

“埋在山茶树下的金子、银子，到底怎么样了？”

比起死亡和家人来，他更关心财宝。

“帮我挖出竹林深处的那棵山茶树。”

德兵卫终于说出真相。

“我把挣来的金子和银子全埋在那里了。”

妻子和三个儿子连忙跑到竹林，在山茶树下挖起来。

挖呀挖呀，挖出来的尽是泥巴。除了深深扎根在地底下的竹根外，什么也没看见。

“父亲，够了！”

“什么财宝，撒谎！如果曾经挖过的话，应该有一些竹根被挖断，可是没有留下任何痕迹。”

“这么说，上一次也不对劲，嚷什么山茶树把金子和银子吸干了。”整个竹林被翻了个遍，儿子们觉得很可笑。

“山茶树下面全是泥巴，什么财宝也没有。”

德兵卫不相信儿子们说的话。“骗人！你们骗人！我的确在山茶树下埋藏了小山堆似的金银。”他一直不停地唠叨着，直到死去。

“会有这种不可思议的事？”

听了德兵卫和金银的故事，人们这么说。

人们还说人不该拥有多到要埋到地下的财产，被埋到地下、变得毫无用处的金银会自动消失。

据说从那时起，再也没有人在山茶树下埋东西了。

❀百合花

破除魔法的洁白之花（瑞典）

从前，某个国家有一位非常美丽的公主。公主有父亲呵护、母亲疼爱，过着幸福的生活。

有一年，她的母亲去世了，父王娶回第二任王后。王后虽然长得漂亮，心地却很坏。

尽管容貌和心灵都完美的公主十分尊敬新王后，可是新王后却不愿搭理她。王后带来的女儿也不愿和她交朋友。她们嫉妒公主的美丽。

公主到了适婚年龄，来向她求婚的人络绎不绝。全世界的年轻王子都企盼娶到美丽、温柔的公主。

公主选中了一位王子，决定与他结婚。

国王非常高兴，盛大的婚宴进行了三天三夜。全城每个角落都用鲜花装点。应邀出席喜宴的人们衷心祝福公主和王子。

并肩站在大厅中央的一对新人，美丽动人，赛过任何花儿。

“真是天下无双的一对儿！”

人们欢呼。

王后和她的女儿也坐在庆祝宴会的席位上，两人面带笑容，内心却非常愤恨。她们妒忌公主和王子的幸福。

“总有一天会遭到厄运！”

王后在心里诅咒。

“最好成为天下最不幸的一对儿！”

和公主同龄，却没有一个男子向她求婚的王后的女儿也在心里嘀咕。

公主和王子生活幸福美满。王后不断寻找机会下手破坏。会使魔法的王后想把王子变成可怕的狼。

王子总是佩带着他那个避邪的垂饰。只要佩带它，王后的魔法就不起作用。

一天，王子独自外出狩猎。王后偷偷跟在后面监视王子。王子东奔西跑地追逐一头很大的鹿，最后来到森林中的一口泉边休息。泉水很清澈，令人心旷神怡。满身大汗的王子脱掉衣物跳进泉里。在他尽情畅游的时候，垂饰脱落了，沉到水底下。

花的故事·冬

王子发现垂饰不见了，急忙潜到水底寻找。把这一幕全看在眼里的王后当然不会放过这个大好的机会，她一念咒语，王子立刻变成一只可怕的狼。

“你再也不能回城堡了。你那可怜的妻子看见你会吓得逃开，国王一定会将你处死。你只能躲藏在森林里。”

因胜利而得意洋洋的王后叫喊一通后，准备逃走。

“等一等！”

王子大声地喊，可却只能发出嗷嗷的叫声。

“那个女人说得对。我不能回城堡了。”

王子沮丧地跑入森林深处。

蒙在鼓里的公主，正等着王子归来。三天过去了，

五天过去了，心爱的人还是没有回来。

“我要去寻找丈夫。”

公主带了几个佣人走进森林。

躲藏在洞穴里的王子看见心上人来了，便大声叫喊：

“救救我！我被王后施了恶毒的魔法。”

由于高兴过头，王子竟忘了自己已经变成了狼。

看到突然窜出来用可怕的声音嗥叫的狼，佣人们吓得一溜烟地逃回城堡去了。

王子想起自己已经变成了狼，只好躲进林子深处。

“找不到他，我就不回城堡！”

只有公主一个人留了下来。

不知不觉天色暗了，周围一片漆黑。公主准备往前走，可是不知道该往哪儿走。

“王子！你在哪里？”

就在呼喊的时候，她看见正前方有一样白色的东西。

“是百合花。眼下是冬天，百合花不可能开放的呀……”

公主揉揉眼睛，怀疑自己在做梦。

百合花没有消失。它像天上落下来的星星一样明亮、耀眼。

“也许是母亲在指引我。因为百合花是母亲生前最喜爱的花。”

想到这里，公主向百合花走去。

可是刚一走近，百合花就往前移，再走近，它又向前移，它是要把公主引向森林的深处。

公主忘我地跟着走，脚上挂满了伤。

被荆棘划破的手臂渗出血来，火辣辣地疼。但公主没有停下脚步。

百合花越开越大，越变越美。花瓣像绸缎一样润泽，芳香弥漫整片森林。

登上森林边缘一座高大的石山，百合花终于不动了。浑身是伤的公主爬上石山，摘下百合花。

“你终于发现了我。”

公主一摘下花，从地底下突然冒出一个小拇指般大的小个子爷爷。

“我被关在地下很久很久了。因为你发现并且帮助了我，所以我一定要答谢你。你有什么要求吗?”

老爷爷这么一问，公主回答说：

“我在寻找心爱的人。请您告诉我他在哪儿?”

“这很容易。”

老爷爷笑着说。

“先生火，把火熊熊燃烧起来，然后烤热那个罐子。”

老爷爷手指的地方，放着一个陈旧的罐子，里面装有黑乎乎的焦油。

公主按照老爷爷说的做法，生起火，烤装有焦油的罐子。熊熊燃烧的大火咕嘟咕嘟地把焦油煮开了。

花的故事·冬

“把百合花放进焦油里！”

老爷爷的话让公主犹豫了。她不忍心把美丽的百合花放进沸腾的黑色焦油里。

“拿出勇气！你不是想见到心爱的人吗？”

老爷爷鼓励她。

公主闭上眼睛，把百合花投进焦油。哧的一声，白花瓣变成漆黑的了，跟着响起震撼森林的巨大吼叫声，一只毛发竖立的灰狼跳了出来。

“把焦油浇到狼身上，快！”

老爷爷大叫。公主战战兢兢、脸色苍白，她握紧罐子，将滚烫的焦油泼向狼。

狼的灰毛被烧焦，发出一股臭气。

看到狼毛被烧焦，一团一团地往下掉，公主吓呆了。从可怕的皮毛中，出现了她日夜思念的王子。

“百合花献出自己高贵洁白的身体，破除了恶毒的魔法。”

老爷爷笑眯眯地指了指地面。地上整整齐齐地放着王子的衣服和垂饰。

赤身裸体的王子连忙穿好衣服，挂上垂饰。

“避邪物我已经精心加工过，不会再掉了。好了，

回城堡去吧!”

说完，老爷爷便消失了。

正要紧紧拥抱公主的王子被眼前的情景惊呆了。他看见百合花怒放，好像要簇拥他俩似的。

两人小心翼翼地挖出百合花，带回城堡，种到花园里。百合花不断结蕾、开花，芳香四溢。

百合花开出的最后一朵花凋谢时，城堡里响起可怕的吼叫声。王后和她的女儿都变成了狼。

城堡里大乱，两匹狼在张弓射箭、举枪瞄准的士兵中间左突右奔，最后逃出宫外。

花园里的百合，每年都开得很美。公主和王子过着幸福的生活。变成狼的王后和她的女儿，只能躲在森林里度过余生。

❀瑞　香

寻香（中国）

在中国，有一位潜心修炼的僧人。

“我要更进一步地接近佛心。”

僧人立下誓言，走进深山，在一块岩石上打坐。

从早到晚，除了进食很少量的食物和水外，他一门心思地打坐，念经。

僧人的身体消瘦下来，但内心很平静，仿佛被净化过一般，清净纯洁。

他继续修炼。五年后的一个晚上，僧人做了一个短梦。梦见一棵枝头开满桃红色小花的树。树上可爱的小花散发出美妙的芳香。

“多好闻的香气啊！也许这就是佛所在的天国飘散的瑞香吧？”

在梦中，僧人深深地吸了一口花香。

从梦中醒来，花和树全不见了。但是芳香还萦绕不散。

“一定是佛的指点。这个世上也有散发瑞香的花。佛一定是要我找到它。”

僧人四处寻找芳香的来源。

“请问这一带有没有桃红色的、香气很好闻的花？”

他向所遇见的每一个人打听，每个人都摇摇头，都说既没有见过这种花，也没有闻过这种香味。

“这么香的气味都闻不到吗？”

僧人这么一说，人们都觉得很奇怪。

“我什么香气也闻不到。师父，您是不是因为长年修炼，鼻子有些异常？”

“没有，没有，我一切正常。”

僧人谢过为他担心的人，又向前走了。

又走了几天，花的芳香越发浓烈，好像快到天

国了。

翻过几座山头，僧人来到一条溪流边。

“就是它！”

看见溪边的那棵树，僧人眉开眼笑，树上开着的花与梦中见到的一模一样，清香四溢，越闻越觉得心旷神怡。

“这花是不是给我的？”

僧人双掌合十询问。桃红色的花轻轻点头，好像是表示许可。

僧人小心地挖出树，带回附近的村子。

种在供奉神佛的寺院中的树，一个劲儿地生长，源源不断地开花。

"你家也种这种花吧！"

僧人四处把花分给众人。这种开满芳香花朵的树，只要把小树枝插到泥土里，就生机勃勃地扎下根来。

这种花在全国各地生根发芽，不久，在世界各地都可找到它的踪迹。人们把这种花称为"瑞香"。

早春，从远处飘来瑞香的芬芳，你会情不自禁地走去看一看。就像古时候的僧人一样，去寻找香气的来源，直到遇上桃红色的花……

预言家的花（伊拉克）

从前，巴格达城住着一位富有的商人。

一个冬夜，商人听见门外传来微弱的哭声，开门一看，只见一个婴儿被丢弃在自家门前。

“真可怜！就这么放在这里会死掉的。”

“这一定是预言家穆罕默德的礼物。我要好好抚养。”

“您说得对。这孩子是穆罕默德的礼物。”夫人说。

预言家穆罕默德是宣扬安拉神教义的高僧。人们虔诚地聆听他的教诲。

弃婴取名为格鲁娜列，受到精心的照料。

多年以后，格鲁娜列出落成了一位美丽非凡、聪明伶俐的姑娘。整个巴格达的年轻人都来向格鲁娜列求婚，其中国王的求婚尤为热烈。

“格鲁娜列是弃儿，身份与王后不相称。”

商人这么说，可国王还是不放弃。

“我是娶格鲁娜列做王后，而不是和身份结婚。”

经过几个回合的较量，商人说不过国王，只好答应了婚事，格鲁娜列成为王后。

兴高采烈的国王付了10万枚金币订做了一串精美的项链。他把串着沉甸甸的宝石的项链作为结婚纪念物送给了格鲁娜列。

“这是天下最珍贵的项链，你要好好珍惜！”

国王把项链交给格鲁娜列时，叮嘱她。

“我会爱惜它胜过一切。”

格鲁娜列点点头。

“要是把项链弄丢了，就砍掉你的手。”

面对出语惊人的国王，格鲁娜列微笑着说：

“好，您就砍吧。”

格鲁娜列认为项链是不可能丢失的。

每一天都是幸福的日子。格鲁娜列对待项链格外小心。每次摘下后，仔细地擦拭，放入银制的小盒子里并锁上锁。

一天，从外面回到宫殿的格鲁娜列，看见门前蹲着一个乞丐。

“请施舍一点吧，王后。”

乞丐伸出沾满尘土的手。

“以预言家穆罕默德的名义帮助可怜的人吧!”

格鲁娜列对父母敬仰的穆罕默德满怀崇敬。她不能不管这个嘴里念叨着穆罕默德的乞丐。

格鲁娜列掏出小包。可是那一天，包里连一个零钱、一块点心也没有。

“这是穆罕默德的恩惠。”

说着，格鲁娜列把国王送给她的项链施舍给了乞丐。

“您送给我的项链丢了。”

国王冷静地望着坦诚相告的格鲁娜列。

花的故事・冬

“我也尊敬穆罕默德。如果有人对我说以穆罕默德的名义，我也一定会把王冠交给他。你没有错，做了一件好事。”

“但是，”国王又说，“在这个国家，男人一旦说出口的话，不论发生什么情况都必须遵守。”

为了兑现既出之言，国王砍下格鲁娜列的双手。

失去双手的格鲁娜列放弃王后的头衔回到父母亲那里。她并不伤心。

“我是为了穆罕默德失去双手的。”

一想到这个，她心中就充满骄傲。

得到价值 10 万枚金币的项链的乞丐，做起了生意。生意很顺手，三年后，他成为巴格达的首富。

住在豪宅里、自称阿福沙的乞丐，没有忘记格鲁娜列。

多亏美丽的王后施与项链，阿福沙才成了富翁。

“决不能忘记王后的恩情。祈求王后得到穆罕默德的恩惠。”

阿福沙每天早晚进行祷告。

这时，巴格达城流传着有关一位神秘女性的传言。

“听说某个商人的家里有一位绝世美人。她聪明过人，姿态比女神高贵，容貌比花儿美丽，声音像潺潺的流水，胴体香气芬芳。”

据说商人把这样一位女性藏在屋里，不让任何人见。

尽管没有人亲眼目睹，传言还是四处传播，也传到了阿福沙的耳朵里。

阿福沙打听到那个商人的地址后，前去登门拜访。

“请把传言中藏在屋里的女人嫁给我做妻子吧!”

面对直说来意的阿福沙，商人愣住了。

躲在屋里过着寂寞生活的正是格鲁娜列。商人既没有让外人见过格鲁娜列，也没在外人面前提起过格鲁娜列。

昔日的王后失去双手后返回娘家这个秘密，只有商人夫妇和格鲁娜列知道。“你要娶一个从未见过面的女人做妻子吗？也许她的容貌让你不忍再看第二眼呀!”

听了商人的话，阿福沙微微一笑说：“以穆罕默德的名义。”

穆罕默德的名字是神圣的。商人无法不满足阿福

沙的愿望。

就这样，格鲁娜列和阿福沙结为了夫妻。

嫁到阿福沙家那天，格鲁娜列用几层面纱把自己从头到脚裹起来。两人虽然结婚了，可格鲁娜列并不知道丈夫就是昔日的乞丐，阿福沙也不知道妻子就是施舍项链的王后。

“裹在面纱里的是我的宝贝妻子。”

阿福沙这样称呼睡觉时也不摘下面纱的格鲁娜列，他深爱着她，格鲁娜列也热烈地爱着阿福沙。

格鲁娜列的内心深处隐藏着巨大的悲痛。每当想起失去的双手，就愈发感到悲伤。

“要是有手，就可以为亲爱的阿福沙做任何事情。做饭菜、弹奏乐器、洗衣服、缝补衣服，让他更幸福……”

一位头上缠着蓝色毛巾的老人出现在伤心叹气的格鲁娜列面前。

“穆罕默德大人……”

格鲁娜列慌忙跪下。预言家穆罕默德慈祥地对她说：

“我要把双手还给你。这是你以我的名义施舍贵重物品的回报。”

穆罕默德轻轻一触，格鲁娜列的双手就复原了，指尖开出芳香的花儿，是深紫色花瓣中长着红色雌蕊的番红花。

“这是穆罕默德的花，以后会有用处。”

温和地说完这句话，穆罕默德消失了。

第二天，格鲁娜列勤快地动手干活，为客人做佳肴，把整个房子擦得窗明几净，为阿福沙演奏乐器。

阿福沙瞪大眼睛，惊讶地看着格鲁娜列的变化。

一天傍晚，阿福沙买回两只肥嘟嘟的鹅，对格鲁娜列说：

“准备饭菜，马上有客人来。”

“用上点番红花的香气。”

格鲁娜列微微一笑。穆罕默德赐予的番红花被她精心栽培。红色的雌蕊可用来薰香，也可用来染色。听说能吃上格鲁娜列亲手做的饭菜，客人高兴得不得了。

格鲁娜列把鹅烤得香喷喷的。这时，一个乞丐进入厨房。

“以穆罕默德的名义，给我点吃的吧！”

乞丐说。格鲁娜列把烤好的鹅给了乞丐。

“看你做的好事！”

知道好吃的东西全没了，阿福沙大怒。

面对大声嚷嚷的丈夫，格鲁娜列平静地说：

花的故事·冬

“因为乞丐说了看在穆罕默德的份上。几年前我也以穆罕默德的名义做过施舍。那是比两只鹅还要昂贵得多的东西。”

“你，难道是……”

阿福沙双眼瞪得大大的。

“我以前是王后。因为把项链送给别人而被砍掉双手，现在手已经复原。”

“而我就是那个得到项链的乞丐呀！”

阿福沙紧紧拥抱着格鲁娜列。

“托预言家穆罕默德的福结成的夫妻……”从此，巴格达城的人们这样称呼他们。

很快，人们种起了番红花。每到冬天，家家户户

的庭院里都开满紫色的花。国王也来拜访他们两人。阿福沙和国王成为了好朋友，格鲁娜列为他们烤制带有番红花香的烧鹅，做染成鲜黄色的米饭。

穆罕默德的饭——今天，巴格达人仍这样称呼节日饭桌上黄色的番红花米饭。

永远屹立在弗里吉亚的山冈上（希腊）

在弗里吉亚的山冈上，至今还耸立着两棵古老、高大的树——橡树和菩提树。树旁曾有一座神殿，如今已经土崩瓦解，看不出当年的气势了。

在遥远的过去，主神宙斯和儿子赫耳墨斯走在弗里吉亚的村庄上。神优美的身姿被破烂不堪的衣服遮盖起来，脸和手脚也蒙上了尘土，他们乔装打扮成两个疲惫的旅客，视察普罗大众。

晚上，家家户户都点上灯准备晚饭，空气中飘散着饭菜的香味。

“有人在家吗？”

宙斯站在一座漂亮的房屋前打招呼。

“我们是贫穷的过路人，请您施舍一个晚上的食宿

好吗？”

出来开门的佣人骨碌碌地转着眼珠打量全身脏兮兮的宙斯和赫耳墨斯。

“我幼小的儿子已经筋疲力尽，走不动了。”

宙斯话刚说完，佣人就呼的一声把门关上，熄灭灯，跑回屋里再不出来了。

他们走到另一家，又到另一家，情形都一样。一看到他们的寒碜样，个个都紧闭大门，把灯熄灭。

“这与身份为神的时候相比，差别太大了！”

宙斯叹了一口气。宙斯作为主神身穿华服，身边带着肩上长有翅膀的赫耳墨斯外出时，人们跪倒在地上，并准备了堆得像山一样高的礼物，在宙斯所经之路上撒花瓣。

“贫穷的旅客同样是人，他们却不愿伸出援助之手，甚至连一盘食物也不愿施舍。”

宙斯很失望，他继续往前走。北风呼呼，赫耳墨斯冷得直发抖。

“行行好，至少给孩子一点热汤吧。”

不论怎么哀求、行礼都没有用。没有一个人同情这对父子。

最后，宙斯来到村子的尽头，那里有一间破旧的小房子，里面灯光昏暗。

“有人吗?”

敲着最后一户人家的门，宙斯发出请求：

“能不能施舍一个晚上的食宿呀?”

门开了，宙斯松了一口气。出来的是一位衣服打满补丁的老奶奶。

“哎呀！实在太可怜了！一定很累了吧？快，快请进！”

老奶奶把两人迎进家门，挑亮了灯。老爷爷往炉里添柴火。

“我们是穷人，没有什么好招待的。顶多能让你们歇歇脚、暖和暖和身子。我这就去做些吃的。”

鲍吉丝奶奶和皮列蒙爷爷忙了起来，烧热水，铺被褥给客人休息。

铺盖破破烂烂的，晚餐也很简单，只有青菜和盐腌的熟肉。

这已经是鲍吉丝奶奶和皮列蒙爷爷能够拿出来招待客人的所有东西了。吃饭的时候，添上老爷爷一直舍不得喝的葡萄酒和老奶奶收藏着的蜂蜜。

“终于遇上了好心人。”

宙斯笑吟吟地把酒一饮而尽，然后找出四个陈旧的酒杯。

“好酒！来，我们一起喝！”

看着四个酒杯都倒满了葡萄酒，两位老人倒吸了一口气。原来瓶里只剩下不到一杯酒，可现在宙斯怎么倒也倒不完。清冽、醇香的红葡萄酒源源不断地倒出来。

“您……到底……”

在两位目瞪口呆的老人面前，宙斯和赫耳墨斯现出了神的面目。

“实在太失礼了。”

皮列蒙慌忙跑到院子里抓鹅。

鹅下的蛋是这两位贫苦人最好的食物。但是皮列蒙要用鹅来招待宙斯。

鹅惊慌得到处乱窜。鲍吉丝也来帮忙，可还是抓不着。鹅嘎嘎叫着跳上宙斯的手臂。

“我已经吃得很饱了。这只鹅就好好养着吧！”

宙斯笑着扶起跪在地上的两位老人，严肃地说：

“除了你们，住在这个村子里的全是一群无情的人。我打算毁掉这个村子，唯独帮助您二人，请赶快到山冈上去!”

皮列蒙和鲍吉丝听了宙斯的话，连夜逃出村子，爬到山顶上。

黎明，远处传来一阵惊天动地的响声。望着村庄，皮列蒙和鲍吉丝惊呆了。村子陷进了深深的沼泽地里。看看身边，更令他们惊讶的是，山冈上矗立着一座宏伟的神殿——供奉宙斯和赫耳墨斯的神殿。

“两位就担任神殿的祭司吧!”

耳边响起宙斯的声音。

“一定会有很多人来参拜这座宏伟的神殿，二位可以过上衣食无忧的安稳日子。还有什么愿望吗？不管是什么我都能满足。”

“实在不敢当。”

皮列蒙和鲍吉丝说。

“只要活着，我俩就一直侍奉宙斯大人的神殿。我俩只有一个愿望：我们夫妇两人一直相亲相爱，相互扶持，相依为命，我们发过誓死的时候也要一块儿死。”

“要是老头子先去，我该多么凄凉啊！可一想到要是我先走，留下老头子一人孤苦伶仃，我就于心不忍，所以请求您让我们俩同时走。”

“我答应这个请求。”

宙斯说。

以后的几年，皮列蒙和鲍吉丝过得和和美美，神殿香火旺盛，每天人流如潮。

两位老人得到许多人的爱戴。

冬天一个宁静的黄昏，皮列蒙和鲍吉丝站在神殿前，说起贫穷的过去。

“因为有你，这辈子过得很幸福。”

皮列蒙微笑着说，鲍吉丝也笑了。“遇上你真好!”

说完，两人的身体开始僵硬，胳臂变成了树枝。

“再见！鲍吉丝。”

“再见！皮列蒙。”

轻轻地说完这最后的一句话，皮列蒙和鲍吉丝化成了橡树和菩提树。两棵树虽然无法开口说话，但是彼此深情相望，并肩而立。风起的日子，叶子沙沙摆动，好像在低声诉说：“我很幸福。”

皮列蒙和鲍吉丝的化身——人们至今还这样称呼弗里吉亚山冈上的橡树和菩提树。

※三叶草

召唤幸福的叶子（欧洲）

古时候，欧洲分成好几个小国，战争连年不断。

某个国家有一位勇敢的年轻骑士。得知邻国军队越过国境攻打进来的消息，骑士第一个赶到。

“不许他们侵略我的国家！我们的每一座建筑物、每一个人民都不容许他们伤害。”

骑士只率领几名士兵，就像发怒的猛兽向敌人开战了。抓到敌兵就砍，敌人企图逃跑就放箭射杀。

战斗持续了三天，敌军逃窜而去。骑士率领的士兵无一剩下，全部阵亡。

士兵的尸体横卧在只有枯草和岩石的荒野，想把他们埋到地下、建个坟墓也不可能。唯一幸存的骑士也受了重伤。

花的故事·冬

“我也将要死在这里吗？”

倒在冰冷的地面上，骑士自言自语。他全身都在流血，连站起来的力气都没有。

“真想回到城里……和尤利亚娜见上一面……”

他闭上眼睛，脑子里浮现出家乡的一切。在朝阳的照耀下闪闪发光的城塔，茂密的森林，大路两旁漂亮的房子鳞次栉比……未婚妻尤利亚娜的家就坐落在河边。

“一定要回来。为了我，一定要活着回来。”

尤利亚娜把手帕递给出征的骑士时说。那是一块镶着花边、绣有尤利亚娜名字开头字母的洁白的手帕。

“我一定回来把手帕交还给你。”

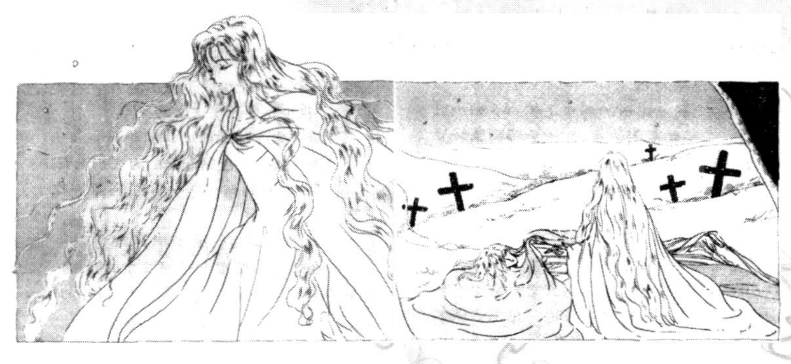

骑士笑着点点头。现在放在前胸口袋里的那块洁白的手帕已被鲜血染红了。

“原谅我，尤利亚娜……”

骑士声音微弱，头无力地低垂下来，他知道自己的力气用尽了。

不知过了多久。

骑士感觉一阵清凉，他睁开眼睛。

“我还活着?”

虽然令人难以置信，但这的确是真的。

伤口已被清洗干净，并缠上了绷带。额头上敷着尤利亚娜送的那块手帕。手帕也已洗干净了，手帕吸附的水，让骑士感到脑袋异常清爽、舒服。

“到底是谁给我治疗?”

环顾四周，只见周围立着一个个十字架。牺牲的士兵已被安葬，竖起了作为坟墓标志的十字架。

“太好了……感觉好点了吧?”是少女轻柔的声音，她就跪在骑士身边。在拂晓淡淡的曙光中，少女麻利地更换绷带，把水壶里的凉水倒在布上并擦拭伤口。

“您是谁?”

少女不回答，只是微笑着继续护理他的伤口。

一切弄好后，少女悄悄地离去了。

“她到底从何而来？附近一户人家也没有啊……”

骑士百思不得其解。目送着少女身穿白色衣裳、裙裾随风飘动远去的身影，他进入了甜甜的梦乡。

第二天，少女又来了。给士兵的墓献上花，护理骑士，留下食物，然后又像一阵风似的飘然而去。

几天后，骑士的伤口痊愈了。

“好了，能走路了，快回到心上人身边去吧！路途虽然遥远，不过走一个星期就能回到家乡了。”

“再见!”

骑士抓住少女的手，对又要像一阵风似的离去的少女说：

“请等一等，至少告诉我您叫什么名字，是哪里人好吗?”

少女默不作声。

“我要送您礼物……”

骑士翻遍口袋也没找到任何能送给少女的东西。

想送她一朵花，可眼前是一片荒野，花，只有摆放在士兵墓前的那些。

“您从哪儿摘来的花？现在是冬天，一朵花也不会有的呀！”

不管怎么问少女都不回答。美丽高贵的脸上露出温柔的微笑，她只重复那句话。

“再见……”

“请接受这个微不足道的礼物。”

骑士拔起自己刚才还躺着的那块地上长着的几根草，把齐胸高的草采集过来，轻轻地束成一把。

少女和骑士一起看着那一小把绿草。

采来的草叫三叶草。本来是三片叶子的三叶草，

花的故事·冬

在少女接过手的一瞬间变成了四片叶子。

“这是呼唤幸福的叶子。”

少女轻声说着，把四片叶子中的一片插到骑士的外衣上。

“女神……”

骑士双手合十，目送着少女消失在荒野的尽头。他看见了少女纤细的肩膀上那闪闪发光的白色翅膀。

“我要每天为您祝福!”

骑士想起了尤利亚娜悄悄递给他看的小画像。

少女和画像上的女战神培罗那长得一模一样。

据说三叶草的三片叶子代表爱、希望和信仰。三片叶子的三叶草有时会长出四片叶子，这是从骑士把它献给女神后才有的。

人们相信第四片叶子是幸福的象征。看见三叶草丛，大家都会去找四片叶子的三叶草。在欧洲，人们经常用四片叶子的三叶草点缀附在礼品中的卡片和礼品包装袋上。

※枞　树

圣诞节的小矮人（德国）

很久很久以前，耶稣·基督出生之前，德国的一个山村里住着一群小矮人。

小矮人生性害羞胆小。白天他们躲在树枝里，等到夜深人静、大家熟睡后才悄悄地从藏身的地方溜出来。

他们在林中转悠，采集可以吃的松果，排列栎树籽，用可爱的花做成花束……竹笋和花束成了他们送给大家的最好的礼物。

刷刷地往门上涂胡桃油的是小矮人；用草堵塞漏雨的屋顶的是小矮人；消灭玫瑰花上的害虫，给花盆中腐烂的兰花根敷药的也是小矮人。

有时，他们悄悄地溜进人们家中，把织到一半的

毛衣织好，把灯罩擦得干干净净。

防火和照料家畜是他们最重要的工作。

忘记熄灭的灯火，在人们睡着时燃烧起来就要烤焦窗帘的时候，小矮人哗啦哗啦地摇动窗户，弄不清是怎么回事就惊醒过来的人们把火扑灭时，小矮人消失了。

半夜羊和牛得病时，小矮人把人叫醒。他们爬到屋顶吹口哨、敲门、踢门、发出异常的响声。人们听到响声就会从床上蹦起来，赶到关家畜的地方。

“我们能够无后顾之忧、快乐地生活，全靠小矮人。”

人们衷心感激羞于见人的小矮人，却无法向他们当面致谢。

每年 12 月的庆祝活动，就是人们为了表示对小矮人的感激之情而举行的。

过节那天，村里所有的姑娘都到森林里寻找高大美丽的枞树。

“小矮人！小矮人！你们喜欢的枞树是哪一棵？”

“这棵？”

“那棵？”

“还是这棵？”

姑娘们在森林中边走边唱着欢快的歌。

而这一天，小矮人则在姑娘到来之前躲到森林中。

“哪棵？哪棵？”

小矮人在森林中飞快地跑，寻找自己中意的枞树，然后躲到树枝里面。

“您喜欢的树是哪棵？”

姑娘们走近来唱歌，小矮人就一齐摇树枝。

“是这棵吗？小矮人。”

姑娘们问，小矮人又一次摇树枝。

一旦选定庆祝用的枞树，姑娘们就把带来的“好东西”挂满树枝。

有曲奇饼、糖果、坚果、水果、鸡蛋、花朵、小垫子、小玩偶、小鸟的羽毛、丝带……枞树上全是五

花的故事·冬

颜六色、形状各异的好东西。

最后，姑娘们拿出蜡烛，点上火。

“小矮人，你们做了许多好事，谢谢你们！明年还请多多关照。请永远和我们在一起。”

手拿蜡烛的姑娘们围着枞树齐声歌唱。

姑娘们唱歌的时候，小矮人躲着，等歌声结束、摇曳的烛光消失，他们才出来拿好东西。

“谢谢这么美妙的礼物。明年我们还到村里努力工作。”

小矮人们乐呵呵地笑。不过人们听不到他们的声音。

小矮人和这个山村的人们不知共同度过了多少个

枞树节。

经过漫长的岁月后，人们把树枝上挂满装饰物的枞树称为圣诞树。圣诞节是庆祝耶稣诞生的日子。在12月24日的平安夜，圣诞老人会把好东西作为礼物送给孩子们。

住在德国山村里的人们至今仍然相信：圣诞树的前身是挂满了送给小矮人礼物的枞树，圣诞老人的祖先是谁也无法看见的、为人们做好事的小矮人。

※烟 草

忘却悲伤（台湾地区）

从前，在台湾的一个村子，有位叫阿兰的美丽姑娘。

阿兰风姿绰约，她微微一笑，周围就立刻亮堂起来。

“该找婆家了。”

父母眯缝着眼睛说。

阿兰早就有了对象。他就住在附近，叫马比科，是一位性情爽朗、心地善良的年轻人，他深爱着阿兰。

“我要把一生献给你。”

阿兰回答：

“我的生命是属于你的。”

每个黄昏，两人手牵手在村里漫步。

“我要勤快地种花，把种出的花卖往各地，攒够钱就盖漂亮的房子。”

“我也一块去花田劳动。盖好的房子我要用花装扮它，还要为你做可口的饭菜。”

“然后生孩子。我希望女孩像你，男孩像我。”

“孩子们健康地成长，男孩跟你到花田里劳动，女孩和我一块在家里料理家务、做些针线活儿。”

“偶尔我们一家四口出门旅行。到繁华的城里走走、看看，到山上寻找稀罕的花儿也不错。”

他们脉脉含情地四目相对，憧憬着未来。

阿兰的母亲正在赶制嫁衣，美丽的裙子上绣了数不清的花朵。

“他俩准会成为恩爱的夫妻。”

“一定会是全村最美满的一对儿。”

村里人笑眯眯地看着并肩散步的阿兰和马比科，

衷心地祝愿他们幸福。

可是，马比科死了。他患上的感冒老不见好，突然间便咽了气。阿兰赶到时，马比科已经闭上双眼，停止了呼吸。

“睁开眼睛！马比科，看着我，像平时那样对我笑呀！”

阿兰紧紧抱着马比科尚还温热的身体，哀求他。

“你不是说过永远在我身边的吗？不是说好的吗？马比科。你从来没有食言过的呀！我们商量种的花怎么办？马比科，我们还没有播种呀！”

喊也好，摇也好，马比科都没有反应。他那曾经诉说过许多动听话语、给阿兰带来愉悦的嘴唇变得苍白，再也没有张开。

“可怜的马比科，他渴望活着。”

“幸福的生活刚要开始他却走了。”

众人大哭，可是任何力量都无法使马比科复活。在阿兰温暖的臂弯中，恋人的身体渐渐变冷。

“原谅我，阿兰，请原谅我，让你一个人孤孤单单地留下……”

阿兰似乎听见了马比科的话，她哭喊着：

“不要让我一个人留下，马比科！”

大家好不容易才把哭喊着要和恋人一起进棺材、

一块儿埋葬的姑娘拉开，把马比科安葬了。

一个月、两个月过去了，阿兰的泪水仍没有止住。

她在曾经和马比科一起散步的路上徘徊，站在两人伫立过的树下，沉浸在回忆之中。

“你还年轻，把死去的人忘掉吧！”

“打起精神，一定要坚强地活下去。”

大家给她安慰、鼓劲也不顶用。阿兰每天尽想着马比科。

“我想到马比科身边去。”

阿兰总这么想。

“马比科不在，我活着还有什么意义？没有他我是不会幸福的。与其这样一个人孤零零地活着，还不如

花的故事·冬

到天堂和马比科相聚。”

想不开的阿兰，投入了深不见底的湖里。没有人能挽留住这位年轻的姑娘。

活着的双亲整天以泪洗面。父亲呆在阿兰的房间，陷入回忆之中；母亲对着女儿的嫁衣，整日呆坐。谁也无法安慰这对失去独生女儿的父母。担忧的人们静静地站在大门紧闭的屋前，面面相觑。

大约 10 天后的一个夜晚。

月光洒满大地，坐在家中的父母听到了令人怀念的声音。

“女儿没能报答二位老人的养育之恩，请原谅我这个不孝的女儿。”

是阿兰的声音。声音随着月光洒落下来。

“明天请到我的坟墓看看。那里长着一种人们从未见过的新植物。植物长大后会开花，请把它的叶子摘下晒干，点上火，吸上一口，就能把痛苦和悲伤忘掉……”

“是阿兰吗？你在哪里？”

左看右看都看不到阿兰的身影，声音也消失了。

第二天早上，父母亲一块儿来到阿兰的墓前。因为怕见了女儿的墓太伤心，所以两位老人还没有来过。

墓前献有许多花。村里的姑娘们同情阿兰，每天都来献上鲜花。

“阿兰……阿兰……”

见到新坟和许多的花，泪水立刻蒙住了两位老人的双眼。

映入模糊的双眼的是小小的绿草。

“是阿兰说的那种草。”

父亲擦去泪水，低声说道。母亲轻轻地抚摸小草。

两人每天都来上坟。绿色的小草长得飞快，很快就开出粉红色的花儿，宽大的叶子在风中摇摆，花儿长得很像阿兰。

父母亲把叶子摘了晒干，按照阿兰告诉他们的做法点上火，试着吸进一口烟。香气沁人心里，感觉精神大振。

“啊，真舒畅！”

父亲露出了久违的笑容。

“在天国和马比科过得很幸福吧？阿兰。”

母亲也从悲痛中摆脱出来了。

这种吸了让人情绪安定、使人忘却痛苦和悲伤的叶子，人们把它叫做烟草。烟草被推广到整个台湾地区，很多人都喜欢吸，后来被传播到世界各地。

但是，今天人们已经发现烟草中所含的成分会减弱血管的功能。也许就是因为血液流动减慢而让人把痛苦和悲伤忘掉的。烟草中含有的尼古丁对人体特别有害，有时甚至会导致死亡。因此，越来越多的人不

喜欢阿兰的礼物，烟草不再像过去那样受人们欢迎了。

※亚 麻

女神赐予的亚麻布

（斯堪的纳维亚半岛）

从前，在北国的一个村庄，有一个名叫贺沙那的农夫。由于冬季较长，就算辛勤耕作，到头来也没有多少收获。贺沙那种了些小麦，养了几只羊，夫妻两人勉强糊口。偶尔，贺沙那去追捕兔子和鹿，兔肉和鹿肉成了他们珍贵的食物。

一天，贺沙那追捕一只鹿，不知不觉追到石山上。鹿跑得飞快，它躲到一块大岩石后面。追赶上来的贺沙那也跟着绕到大岩石后面。

“啊！”

站在岩石背后的贺沙那惊讶得说不出话来。

只见一条宽大的冰河展现在眼前。冰河中间有一扇门，门口大开，好像在向他发出邀请。

“里面有什么?”

贺沙那把追鹿的事情抛到脑后，钻进门里。

里面是一间白得炫目、晶莹闪亮的大厅。水晶和钻石像冰柱一样从天花板上垂下，地面铺满宝石。墙壁嵌满金片、银片和玛瑙。

“难道是宝山吗?”

贺沙那忍不住伸出手拾起钻石。

“多美啊!”

他赞叹着，看呆了眼。小石头灿烂夺目，不断反射出七色光。

“拿回去作为礼物送给她，她准会乐坏的。”

贺沙那想起从未佩带过宝石的妻子。他想用钻石装饰妻子那双从早到晚和自己一块儿辛勤劳动的手。

“不，不行!”

盯着看了一会儿，贺沙那把钻石放回了原处。

“不能拿回去。这些宝石一定是什么人的，拿了不就成小偷了吗?”

这时，一阵柔美的歌声传入自言自语的贺沙那耳里。循着歌声走去，贺沙那发现大厅里面还有另一间屋子。

这里没有一块宝石，放眼望去，天花板、墙壁、地面上全是冰，银光闪闪。

屋子中央站着一位女神。一群年轻、美丽的姑娘围绕着身穿洁白衣裳的她。头戴小巧金冠的姑娘们，用比任何乐器都美妙的声音在唱歌。

瞠目结舌的贺沙那，看女神看入了迷，听姑娘的歌声也听入了迷，觉得全身心被净化了一般。

“你在那干什么?”

歌声停止，女神问贺沙那。

“因为这里太美丽、太神奇，使我看呆了、听醉了。”

贺沙那诚实地回答。女神莞尔一笑。她纤细白皙的右手握着的那束开满蓝花的植物也把贺沙那吸引住了。那是他从未见过的可爱的花束。

花的故事·冬

“你为什么到这里来?”

女神又问。

“我追赶鹿的时候看见了冰河。奇怪的是冰河有门，而且门开着。”

贺沙那回答。

“你非常幸运。”

女神微笑着说。

“我这个冰国的大门，每 1000 年开一次。凡是看见大门走进来的人，我都会送给他一件礼物，宝石或一位年轻美貌的姑娘，你的愿望是……”

“姑娘我不要。”

贺沙那急忙说。眼光不由自主地投向女神手里拿

着的蓝色花束。

“那么，大厅悬垂着的钻石呢？你会成为大富翁哟。”

“不，宝石我也不要。”

贺沙那跪下，抬头看着女神。

“我很幸运，如果要给我一样东西的话，那就把这束花送给我吧！”

女神笑了，把蓝色的花高高举起。可爱的花儿像星星一样闪耀。

“我是农夫。翻土、播种、培育是我的工作。我的田地少，土壤贫瘠，收成不好。我想试种女神的蓝花。”

听了贺沙那的话，女神脸上绽开了笑容。女神动人的笑脸让贺沙那深深陶醉。

“你是个踏实的人。一般人要么垂涎宝石，要么迷恋年轻漂亮的姑娘。你对这两样都毫不动心，而是希望得到适合自己工作的东西。”

一位姑娘走出来，从女神手中接过蓝色的花束。

“请把需要的东西带回去吧！另外再送你一袋种子。祝福你，愿蓝花长开不衰。”

女神说。贺沙那收下了蓝色的花束和一小袋种子。

“谢谢！”

贺沙那深深地鞠了一躬，身体一下子腾空而起。等他回过神来的时候，已经落在岩石后面了。晚霞映照的天空下，冰河闪闪发光，大门消失了。

“我一定好好珍惜！”

贺沙那紧紧握着蓝色的花束和装种子的小袋子，对已经看不见的女神发誓。

“你真傻！如果要回的不是花和种子而是宝石，那多顶用啊！”

听了贺沙那回来说的话，妻子非常失望。

“有了大颗大颗的钻石，可以买更多的田地，可以盖漂亮的房子，还可以给我买新衣服。”

“我是个农民！”

贺沙那坚定地说。

“要来宝石能往地里种吗？花和种子顶用得多。”

贺沙那立刻来到地里，翻土，埋下一小撮、一小

撮的种子。嘴上虽然抱怨，但深爱丈夫的妻子不知什么时候也来到丈夫的身旁，帮起忙来了。

种子播下了。浅绿色的芽冒了出来，直往上蹿。早上还是 1 厘米左右的芽，到了傍晚飞长到 10 厘米。贺沙那非常吃惊。

过了一个星期，地里长满密匝匝的绿色植物，植物开出了蓝色的花。

“明天收割亚麻吧。收下后用它来纺织，再用水漂洗就可以成为漂亮的布。”

梦中，贺沙那听到女神的声音。

“亚麻？女神送给的植物叫亚麻？”

过了一会儿，声音又响起来了。

花的故事·冬

“对，叫亚麻。人类的第一块布就是用亚麻织成的。”

贺沙那立即起床，跑到地里收割亚麻。然后照女神教的方法纺织、漂洗，一块闪闪发亮的白布制成了。

“这布和女神身上穿的一模一样！”

贺沙那两眼发光，叫了起来。这神奇的布又好看又结实。

女神送布这件事四处传开了，很多人都想得到亚麻。贺沙那和妻子不停地种植亚麻，织成布分送给大家，还分送种子并传授种植方法和纺织方法。两人的生活渐渐富裕了，辽阔的土地、漂亮的房子全有了。

蓝色的花束是贺沙那的宝。越珍惜，它就开得越

久，飘溢出清香。贺沙那儿孙满堂，含饴弄孙，身体硬朗。当他 100 岁去世时，蓝色的花束纷纷枯萎、凋零。

亚麻被传到北欧的每个角落。这种被称为亚麻布的布匹结实、漂亮，成为姑娘们必不可少的嫁妆。用亚麻布做成的床单、桌布、餐巾越用越白，越用越挺括，被人们珍视为可用一辈子的宝贝。

后 记

一个初冬的下午，天气晴朗、暖和，没有一丝风儿，连细细的小草也一动不动。我看到有一棵树在动。每隔几分钟，它就像发出轻轻的叹息一样摇晃树枝，残留的枯叶簌簌往下掉。这棵树确实在动。叹气、落叶，树这一不可思议的动作让我着了迷，连续看了几个小时。我把这事儿告诉朋友。

“树是活的。它抖落没有用的叶子，不需借助风的力量就做好了越冬的准备。”

树是活的……这当然。不过，就像前面目睹过的自然的力量，我的心里充满新鲜的悸动。

冬天，几乎所有的植物都“凋零”了。森林、原野光秃秃的，很少见到花。我们觉得失去花和绿色的冬天很凄凉。但对于植物来说，“凋零”是一件很重要的事。为了迎接又一个春天，开出新的花朵，它必须“凋零”、休整。我越发喜爱花，希望像花那样生活。我还想对冬天的树木轻轻道一声“晚安”。